PHILIPPE GILLE

PAR

GUSTAVE LARROUMET

de l'Institut

PARIS

A. DUREL, LIBRAIRE

[illegible], RUE DE L'ANCIENNE-COMÉDIE, 21

9 ET 11, PASSAGE DU COMMERCE, (VIe ARR.)

1902

PHILIPPE GILLE

PAR

GUSTAVE LARROUMET

de l'Institut

Cette notice, publiée en tête de la première partie du Catalogue de la Bibliothèque de Philippe Gille, a été tirée à part à 25 exemplaires, *par Messieurs Schoutheer frères, à Arras, pour Monsieur A. Durel, Libraire-Expert à Paris.*

PHILIPPE GILLE

PAR

GUSTAVE LARROUMET
de l'Institut

PARIS
A. DUREL, LIBRAIRE
21, RUE DE L'ANCIENNE-COMÉDIE, 21
9 ET 11, PASSAGE DU COMMERCE, (VIe ARR.)

1902.

PHILIPPE GILLE

C'était une physionomie particulièrement curieuse et attachante, — j'ajouterais « sympathique » si le mot n'avait été glavaudé, — dans une partie du monde parisien où l'originalité n'est pas rare. Journaliste, auteur dramatique, amateur d'art, bibliophile, causeur étincelant d'esprit, d'un esprit fait de bienveillance et de malice, Philippe Gille promenait à travers la vie une curiosité toujours en éveil ; il satisfaisait ses goûts et remplissait ses devoirs avec une puissance de travail et une conscience professionnelle qu'il dissimulait sous un air de facilité amusée. Il était homme de théâtre et de foyer ; il avait beaucoup d'amis, peu d'ennemis, et il n'était pas banal.

Toujours la plume à la main, il avait fait son volume de vers, l'*Herbier*, plein d'une sensibilité discrète et tendre. Au théâtre, seul ou avec d'illustres collaborateurs, il avait donné nombre de pièces et de livrets à succès, parmi lesquels un petit chef-d'œuvre, les *Charbonniers*, et une des plus ingénieuses comme des plus personnelles adaptations d'un sujet populaire à l'étranger, *Rip*. Il avait rédigé longtemps cette partie de la première page du *Figaro*, les « échos », où souriait chaque matin l'esprit de Paris. Il faisait dans le même journal la critique d'art et celle des livres avec une attention toujours en éveil. Lentement et avec amour, au milieu de tous ces labeurs, il avait préparé une œuvre de prédilection, œuvre de science, de goût et de longue haleine, une histoire du château de Versailles. C'était l'œuvre de sa vie, au sens exact du mot, car au moment précis où il la terminait, la mort lui mettait la main sur l'épaule et signifiait au bon ouvrier que sa tâche était finie.

Ces titres si nombreux et si divers lui avaient valu un siège de membre libre à l'Académie des Beaux-Arts et son élection lui avait causé une grande joie. Il avait retrouvé au palais Mazarin beaucoup d'amis personnels, et ceux de ses nouveaux confrères qui ne le connaissaient que par ses livres avaient été bien vite gagnés par l'agrément et la sûreté de ses relations. Il a laissé un grand vide partout où il occupait une place. A l'Institut, le jour où il disparut brusquement pour commencer une longue agonie, fut un jour de douleur unanime. Nous ne pouvions croire que l'éclair de cet œil fut désormais éteint, que ce sourire de bonté et d'ironie fut remplacé par le pli de la souffrance sans guérison ni soulagement, que cette figure socratique ne dût plus reparaître parmi nous et prît peu à peu le sérieux de l'éternel repos.

J'étais de ses amis les plus récents, mais les plus intimes. En rappelant nos regrets à tous, je les ressens encore pour ma part, à deux ans de distance, avec une vivacité et une sincérité que le temps n'affaiblit pas.

Avec toutes ses aptitudes et sa féconde souplesse, Philippe Gille était avant tout un critique et un bibliophile. Du critique, il avait l'information étendue, le flair, le goût, l'éclectisme. Il y joignait une bienveillance qui n'est pas commune dans l'exercice de la profession. Non certes qu'il fût indifférent entre le bon et le mauvais ; mais il préférait passer le mauvais sous silence que de s'en occuper longuement, pour l'ennui de ses lecteurs et le sien propre ; quant au bon, il le louait, il l'exaltait, il le mettait en pleine valeur avec une chaleur d'admiration qu'il savait communiquer. Et sa bienveillance comme ses dédains, son admiration comme ses antipathies se relevaient toujours d'esprit. Il évitait ainsi la banalité et la fadeur qui sont l'écueil des critiques sans fiel. Peut-être faut-il un peu de méchanceté, de « rosserie », comme dit l'argot parisien, pour être un critique parfait, c'est-à-dire redoutable et redouté. Grâce à l'union de la bonté et de l'esprit, Gille avait résolu ce difficile problème d'avoir de l'autorité sans exciter de haines.

Bibliophile, il l'était avec passion. Devant un beau livre, bien imprimé, bien illustré, bien relié, il éprouvait ce frémissement de volupté qu'un objet d'art, rare et parfait, cause à l'amateur. Il le caressait longuement, de l'œil et de la main. Il le décrivait, le louait, en faisait ressortir la beauté avec une chaleur d'admiration qui s'éclairait d'une rare compétence et d'une délicatesse de goût à laquelle la médiocrité ou l'imperfection étaient insupportables. Il ne signalait au public, il ne gardait dans sa bibliothèque que des œuvres absolument parfaites.

Cette passion pour les beaux livres s'exerçait à une époque où elle trouvait une ample matière. On sait quel mouvement de production et de rénovation, quel souci d'émulation se produisirent à partir de 1870 dans la librairie française, pour arriver à leur plus haut degré vers 1889. Une quantité de beaux livres est sortie des presses dans cet intervalle et, à ce point de vue, les dernières années du dix-neuvième siècle soutiennent la comparaison avec les plus belles du dix-huitième. Gille les avait tous acquis ou reçus des auteurs et des éditeurs, qui savaient sa passion et ne lui envoyaient que ce qu'ils croyaient capable d'affronter l'arrêt d'un tel juge. Je viens de parcourir le catalogue de sa collection. Je n'y vois guère de lacunes. La fleur de la librairie française pendant vingt-cinq ans s'y trouve réunie.

Cette belle collection va être livrée à la vente publique. Le possesseur en a disposé ainsi dans ses dernières volontés. Il estimait que toute collection, œuvre personnelle, ne doit pas survivre à celui qui l'a formée et que ses éléments, après avoir charmé une existence, doivent servir à satisfaire d'autres goûts. Il avait pourtant un artiste dans sa famille, son fils. Il ne voulait pas lui imposer ce qu'il avait aimé lui-même ; il lui laissait le soin de se former à son tour un musée personnel, ce coin d'élection où chaque amateur d'art réunit et caresse, dans une volupté intime, le meilleur de ses préférences.

A cette collection de livres est jointe une série de dessins d'un caractère et d'un intérêt non seulement exceptionnels, mais uniques.

Philippe Gille était uni d'une étroite amitié avec le peintre Puvis de Chavannes. Le grand idéaliste qu'était celui-ci se doublait d'un humouriste plein de fantaisie. Lorsqu'il descendait de son Olympe, il aimait à se reposer de cette haute fréquentation dans la liberté des conversations familières, libres, voire bouffonnes. Il avait un sentiment très vif du ridicule. Adorateur de la beauté, il était par cela même vivement frappé de tout ce qui l'altère. Esprit élevé, il détestait la sottise. Bourguignon — car, s'il était né à Lyon, sa famille était originaire de Beaune, — il avait quelque chose de cette verve copieuse qui distingue ses compatriotes et qui donne, par exemple, tant de franchise et de piquant aux lettres d'un président de Brosses. Comme beaucoup d'artistes, dans les séances de commissions ou de jurys, il trompait l'ennui en dessinant au crayon ou à la plume. Alors ce n'étaient pas des profils de déesses, de muses ou de saintes qu'il jetait sur le papier, mais des caricatures : têtes plaisantes, corps grotesques, gestes cocasses ; le tout agrémenté de légendes à l'avenant. D'autres fois, c'était à la suite de ces joyeuses et libres réunions entre camarades, un des charmes de la vie artistique, qu'il lâchait la bride à sa fantaisie de dessinateur.

Et sa conversation, d'habitude nourrie de littérature et d'histoire, de poésie et d'esthétique, bien qu'exempte de tout pédantisme et de toute recherche, prenait souvent la même tournure que sa plume ou son crayon. Il tirait à sel sur le ridicule et la prétention. Sans méchanceté, mais avec la justesse d'un esprit supérieur et le piquant d'une critique aiguë, il exécutait en riant ce qu'il méprisait ou détestait.

Chaque semaine, il était le commensal de Gille et c'était une fête de se trouver avec lui à cette table de famille, que présidaient deux femmes supérieures par l'esprit et le cœur, charmantes de grâce et de simplicité. Un jour, il lui arrivait de faire allusion aux dessins dont je viens de parler et Gille lui exprimait le désir de les voir.

Quelque temps après, Gille recevait le billet suivant :

2 Janvier 1888.

Mon cher Gille,

Voilà ces fariboles dont je vous ai parlé.

Elles représentent des soirées gaies entre camarades, presque tous morts aujourd'hui.

C'était ma façon de me détendre.

Taillez, rognez, déchirez, brûlez, vous êtes le maître.

Tout à vous,

P. Puvis de Chavannes.

A ce billet était jointe une centaine de dessins.

Gille fit ce que tout autre eût fait à sa place. Il se garda bien de détruire quoi que ce fût. Il classa la collection avec soin, la fit encarter, protéger par un carton et la feuilleta souvent, pour son plaisir et celui de ses amis.

De là résulte la collection qui est jointe à la bibliothèque de Gille. Elle offre le génie d'un grand artiste sous un aspect inattendu. Elle mérite de compter dans l'histoire de la caricature française. Elle va faire la joie des amateurs. Je préférerais qu'elle fut acquise en bloc par quelque musée, pour être mise à la disposition du public, au lieu de servir seulement au divertissement jaloux de quelques privilégiés.

Et maintenant, pour résumer la philosophie de tout ceci, lisez ou relisez la mélancolique et charmante page sur les ventes de livres qu'écrivait un des plus parfaits bibliophiles du dernier siècle, Silvestre de Sacy :

« O mes chers livres ! s'écriait le grand lettré, un jour viendra où vous serez étalés sur une table de vente, où d'autres vous achèteront et vous possèderont, possesseurs moins dignes de vous peut-être que votre maitre actuel ?... Mais quoi ? rien n'est stable en ce monde, et c'est notre faute si nous n'avons pas appris de nos livres eux-mêmes à mettre au-dessus de tous les biens qui passent, et que le temps va nous emporter, le bien qui ne passe pas, l'immortelle beauté, la source infinie de toute science et de toute sagesse ! »

Le jour où, dans sa belle bibliothèque, « sain de corps et d'esprit », croyant la mort encore lointaine, mais y songeant avec fermeté, Gille écrivait dans ses dernières volontés que ses chers livres seraient vendus, il pensait, le Parisien ironique, exactement comme l'austère disciple de Port-Royal. Lui aussi avait pris dans les livres le courage de prévoir sans trembler le jour où il les quitterait.

GUSTAVE LARROUMET,
de l'Institut.

Arras. — Imp. Schoutheer Frères, rue des Trois-Visages, 53.

www.ingramcontent.com/pod-product-compliance
Ingram Content Group UK Ltd.
Pitfield, Milton Keynes, MK11 3LW, UK
UKHW020503220726
13923UKWH00006B/2726

9 782019 300890